アントニオ・ガモネダ詩集
（アンソロジー）

アントニオ・ガモネダ＝著
稲本健二＝訳

現代企画室

アントニオ・ガモネダ詩集（アンソロジー）

稲本健二＝訳

セルバンテス賞コレクション 11
企画・監修＝寺尾隆吉＋稲本健二
協力＝セルバンテス文化センター（東京）

Instituto
Cervantes

Antología Poética
by Antonio Gamoneda

Traducido por INAMOTO Kenji

本書は、スペイン文化省書籍図書館総局の助成金を得て、
出版されるものです。

目次

タイトルがついていない作品が多いために、頁の左下に小さな＊を付すことで、ひとつの詩が完結していることを示しました。

初期詩編『地と昏』（一九四七年から一九五三年まで、二〇〇三年改稿）より

僕の涙に朝陽が当たる
愛しい人を見ると　もう
冷たくなった黒い小鳥の骸《むくろ》

＊

我が血の女王よ、苦しみの意図よ
影の王国によって打ち負かされた青年時代よ
君は僕の腕の中で海のように震える　絶え間ない
海のようだと君は僕を名付ける

僕の中で君の身体が朽ちる　君の目に住まう
暗い言葉がある　僕の両手の中で裸になれ

夜が来る　さあ
君の髪と君の泣き声の中で僕が迷う番だ

＊

ここに愛があった
恋した血の不純な開花があった
しかし一番絶望した血は
君の深みを燃やすべき火を持っていない

天使のように君は去る　苦しみだけの
暗い青春のように　苦い思いと
颪の剣のように　鉄によって
優しさの渇きによって打ちのめされた剣

君の中で夜が終わる　君の岸辺で
恋する水と臍《ほぞ》をかむ情熱が終わる
そして君の口で僕の本当の口が終わる

死ぬというただその理由だけで歌う

裸の身をねじった僕の言葉が
君へ向けて拳のように立ち上がる

*

ひとりの男　独り野をゆく
心臓の鼓動が聞こえる　その脈打つ様が
突然　その男は立ち止まり
地に伏して泣き始める

苦しみの青春　春の
緑の苦い生気が成長する

日没へ向かっていく　悲しい鳥が
黒い枝の間で独り歌う

もう男はほとんど泣いていない　自分に向かって
舌が死の味を感じる訳を問う

＊

『不動の反逆』（一九五三年から一九五九年まで、二〇〇三年改稿）より

炎の身体は
泣き声に似ている

人が最初に愛するのは
眼だ　その灯りを
点すのは互いに
見つめ合う重なりの中だが

しかし光は
死にもつながる　透明の
傷を受けて　僕の
心は美の中に隠れる

＊

柔らかい稲妻のごとく
光の中で微笑むごとく
明るい炎が燃え立つ木
生きた黄金　雪の鳥
君はいつもいなくなる　ただ
空気を金色にしてうち笑う
君の逃げ足はいつも早い

世界が回ると僕たちは
死を待つことになる

そして青い美しさは
遠くを横切り　消えていく

光でできたもの

『不動の反逆』より

うつろなる　一瞬
降りて頭に触れよ　その身体を
僕の唇に休めよ

＊

ひとつの頭が考えている
雪の下で

あの洞窟では
涼しさが燃え
そこから予言にまみれた
神が出ずるのを見る

その両手で無垢を
引き裂く　その後で
僕の心に入り込む

盲しいた冬の
ウグイスを聞く　そのさえずりは
暗い枝影の間で光を放つ

＊

心地よい夢を見させない　ただ
氷の青い不眠の中で
せん光となって広がる

生きた石灰の中で
焼けたボードの中で
休まず回り続ける　その
完璧さは目眩だ

美は決して
臆病者が
立ち止まる場所じゃない

その光の中で生きよ
我が思考　僕の望みは
自由に死ぬことだ

＊

拷問を受けた頭を差し出して
渇きと墓を手に入れる　望みは
喜びの音と別れを告げること
多分　皮を剥がれた物質の夢を見ているのだ

苦しみの中で自分を正当化する　何もない
自分の骨には臆病な心はない
私の歌に苦悩は自らを託し
光と合体した事例となる

頭を差し出すのは　もしかして
光を支える必要があるかも知れないから
自分ひとりだけで話していない、つまり
美は必要なのだ　誓って言うが　死すべき

ものは死ね　それについては何も言わない
触れるな　神よ　不純な我が心に

*

積もり積もった時は
それだけ積もり積もった
音をもつ　今こそ僕は
死の向こうの音を聞いている

音楽が立ち昇る
沈黙の井戸から
それは火の太鼓《ティンパニー》で
空気を耕したもの

そして僕の中に入る　今こそ
音楽となった我が想い

*

17　『不動の反逆』より

『丸腰　一』（一九五九年から一九六〇年まで、二〇〇三年改稿）より

共に暮らすのに君たちを隔てるのは
ただ数キロメートルの
赤い土と河ひとつ
流れはますます緩やかだ

三十日が経った
土の色が変わった
さらに河の流れは緩やかに

今　君は待っている
野の中で感じるのは
木々の変わらぬ様子と

鳥たちのさえずりだけ
君は山を見て風を見る
そして物事の裁きがそこにある
つまり
それは物事の詩だ

君はよく知っている　君の
連れ合いがどこを通ってやって来るかを
どこを通って君のもとへ来るかを
どの村から降りてくるかを

そして突然　君は路上に
彼女がいるのを見る　姿は
若者のようだが　見るからに

突然　母の落ち着きを得た
男の子のようだ

君は百歩歩む　見えるのは
口もとが震える様
君を愛するが故　彼女は恐れるが故

今や君は両腕で彼女を抱きしめる
両肩の硬い柔らかさに見とれて
一部は新鮮で他は焼け付く　彼女の身体

すぐに気付くのは　彼女から
立ち上る香り　女の匂い　そして
まだまだ知らぬ何かの匂いを　君は吸い込む

そうして君たち二人は地面に座り
君は頭を彼女の胸にあずけ
彼女の生の鼓動を聞く

この世で安心を感じるだろう
知っていただろう　孤独ではないことを　しかし
もっと強く　繊細で美しい何かがあることも

運命と出会うだろう
そして夜が近づくと平穏さが増して
君は分かり出す　人生とは
広大で底深い道連れだと

＊

君の両手があった

ある日　世界は押し黙った
木々の枝は深く茂り　堂々として
我々は自分の肌の下で
地の動きを感じていた

君の両手は僕の手の中で柔らかく
僕は感じる　荘重さと光
そして君が僕の心に生きていることを

すべてが木々の下で真実だった
すべてが真実　僕は理解していた
すべての物事は口に頬張る果実のように
目に入る光

＊

マタリャーナの鉄道

二月の朝八時は
まだ夜だ
車両に灯りはなく　ただ
闇と吐息があるだけ
我々はまだ動かない　分かち合う
空間と沈黙

プラットホームに鐘が轟く
その警笛の残酷さに皆が驚く
人影が動く　すべてが
元の姿へ戻る

黄色っぽい灯りが薄暗く点る
出発だ
闇から抜け出す　夢から抜け出すように
無様な生き様

この電車に乗るのは年老いた農夫と
若い鉱夫だ　ここには
まだ未知の何かがある
その正体が分かればそれを
恥に感じる者も　希望に感じる者もいるだろう

夜が明けていく　もう
闇の中に山が見える
樫の木も　山と同じ色の
マテ茶の老木も　霜の中に見捨てられて

河は青く　静かに
雪の中で鋼の片腕のよう

村々はつましい音を立てて通り過ぎていく
パルタベー　パルドン　マトゥエカ〔路線上にある村の名前〕……

車両から降りると寒い
家は捨ててきた　僕は
独りだ　ここで何をするのか　誰が僕を
待つのか　黙々と掘られたこの場所で

分からない　列車と共に遠ざかる
誰も考えてもみないが確かな何かがある
それは僕の一部であって僕のものじゃない
僕の心の内と外にあるもの

＊

母さん　途切れなく想い
続ける　このことを忘れたい　誰も
人が住んだ心を見たことはない
何故に繕いえないこの想い
途切れないこの想い

絶望していること
化学的に言って絶望していること
それは運命でも真実でもない
恐ろしい　容易な
死を越えたもの　母さん
両手を出して　僕の
心を洗っておくれ　何とかしておくれ

＊

口をつぐむ　ただ待とう
僕の苦しみと
僕の詩と僕の希望が
街行く人のようになるまで
目を上げて　もう見える
苦しみが目を閉じても見えるまで

＊

『カスティーリャ・ブルース』（一九六一年から一九六六年まで、二〇〇四年改稿）より

道具の問題

皆さんは知っている　フライパンが
鉄で母の音を出すことを
でも僕はチェレスタ［ピアノに似た鍵盤のある打楽器］が
幸福なき土の音色だと知っている　しかしもし
皆さんのお母さんが流し台にいるならば
お願いだからチェレスタを弾かないで

僕ならうまくできるだろう　確かめてみて
その濃密さと透明さを

「目にその出生をもちうるのが
音楽だとしたら　君の目に
それはあるだろう　歳月の音色は
はりつめた暗さ　のろい世界の音色だ」

この同じ手で僕が書いた
しかし同じ意識では書かなかった

母親たちの買い物袋が好き
僕が見るのは
地上に威厳などない
報われない疲れのように
押しつぶされた

顔面
しゃべらない絶望

やめなさい　僕の歌はできが悪い
この事実のできが悪いように

皆さんは事実をより良いものにしなさい
もう遅いけれど後で一緒に話しましょう

＊

二十年後に

僕が十四歳だった頃
とても遅くまで働かされた
家に着くと母さんが
両手で僕の頭を抱いてくれた

僕は太陽と土が好きな子供だった
それに森の中での友だちの叫び声
それに夜のたき火
それに健康と友情をくれて
心を育ててくれるすべてが好きだった

冬の朝五時に

母さんは僕のベッドの端まで来て
僕の名前を呼んだ
そして目を覚ますまで顔を撫でてくれた

通りへ出てもまだ夜は明けてないし
僕の目は寒さで固まるように思われた

これは正しくない　通りを歩いて
自分の足音を聞くのは素敵だったけど
まだ眠っている人の夜を感じること
そしてたったひとりのように彼らを理解すること
全員が同じ夢の中で同じ存在の
疲れを癒しているかのように

職場に入る

事務所は
臭くて嫌だった
その後で
女たちがやってきた
黙って
皿を拭き始めるのだった

二十年
僕は
馬鹿にされて忘れられた
もう僕には分からない夜も
牧場を行く少年たちの歌も
しかしながら分かる
僕よりも偉大で現実の何かが
僕の中にあって　骨にしみこんでいることを

疲れを知らぬ土よ
君が知っている
平和に調印しろ
与えてくれ
僕たちの存在を
僕たち
自身に

*

嫌な思い出

恥とは革命的な感情である。
カール・マルクス

未だ心に残る
雌犬の目とその下に
田舎の母からの手紙

僕が十二歳だった頃
夜になると地下室へ
汚れた小さな一匹の雌犬を
連れて行った日もあった

そいつに紐をかけて　その後は
木片を使い鉄も使った（そう
だった、そうだった
　　　　　　　犬はうめいた
許しを請うように足を引きずって小便をたれて
それを吊して殴り易くしたんだ）

あの雌犬は僕らと一緒に
牧場へ行ったし　坂道も昇った　足が
早くて僕らになついていた

僕が十五歳だった頃
ある日、何かは分からないが

兵士の手紙を添えて一通の封書が届いた
兵士の母親が書いた手紙　よく覚えていない
「いつ帰るんだい？　下の子は口もきかないよ
お前にお金を送ることはできません……」

封筒の中には　折り曲げて　息子のために
切手五枚とタバコの巻紙
「お前を愛する母より」
　　　　　　　　　よく覚えていない
兵士の母親の名前を

あの手紙は受取人に届かなかった
その兵士からタバコの巻紙を僕は盗んだ
彼の母親の名前が書いてある

そこから僕は封筒を二つに裂いた

僕の恥は身体と同じくらい大きい
しかしたとえ地球ほどの大きさでも
戻ることはできないし　あの腹に巻き付いた
紐を解くことも　兵士の手紙を送ることも
もうできないだろう

*

手の中に倒れ込む

誰かの手の中で
生きていたことをまだ知らなかった
顔と心を撫でてくれた手

物言わぬミルクのように
夜は優しく　大きな存在だった
僕の命よりもずっと大きな
　　　　　　　　　　　　母さん
それはあなたの両手と夜のこと
だからあの暗闇は僕を愛してくれた
覚えてはいないが　今でも感じる

生きていく限り　忘れてはいても
その両手と夜はいつもある
　　　　　　　　時折
頭が地面からぶら下がり
もうこれまでだ　世界は
空だ　そんなとき　忘れていた
ものが心に甦る
　　　　　僕は跪いて
あなたの手の中で呼吸する
　　　　　　　　しゃがむと
僕の顔が隠れる　小さい僕に
あなたの手は大きい　そして夜が
また来る　また来る
　　　　　　疲れた
人であることに疲れた　人であることに

*

これを隠すのか？

不毛な意識は不幸な意識の（……）瞬間に過ぎない
アンリ・ルフェーブル

殴られた誰かの顔が
僕のところへ来て口を開ける
口と目から流れてくる
赤いパスタ　僕が好きなパスタ
地を行く淀んだ河のように流れる　とめどなく
生きることが仕事で　見張りが生きることだった
水銀のように　どう猛な男に
つきまとう罪の華

自分の生き様に　錫でできた鳥のように
疲れている　何も厭わず
その上に身を横たえたことだろう　貧窮
辱め　そして　忘却

しかし見張りをやめると口を閉じて
意識にかみつく歯を隠す
顔は絶対に見ない　驚きが
目を閉じさせて　姿を潜める
孤独の布の中に
そうすれば　後はただ　汚物　涙
自分の黄色い箱から外へは出ない
見張ることが仕事で人生だった
あの男はどうしているだろう　どのようにして

あの病から這い上がって
納得して戦うことができたのだろうか
世界を前にして
僕は目を伏せた　暗闇で
羞恥心と苦痛を隠した　僕は覚悟を決めた
希望のない兄弟愛へ向かうことを

＊

風景

見てしまった
花ひとつない山々　赤い石碑
空っぽの
群衆
そして降りてくる影　しかし鉄条網が
キラキラ光っている　理解不能　ただ
美しいとしておこう
不信感

*

主人のブルース

十九年になろうとしている
ある主人に仕えてから
十九年前に食べ物をくれた人
でもまだその顔を見たことがない

十九年間　主人を見たことがない
しかし毎日　自分の顔は見ている
ようやく少しずつ分かりかけてきた
僕の主人の顔つきが

十九年になろうとしている

家を出たら外は寒く
だから彼の家へ入った　すると頭の上で
黄色い灯りを点けてくれた
そして毎日書いている　十六
そして二千二　でももうダメだ
そして外へ出たら　もう夜で
そして家へ戻り　生きていけない

主人を見たら尋ねてやろう
千十六って何だ
そして頭の上の灯りを点けたのは何故だ

いつか主人の前へ出て
その顔をじっと覗き込んでやろう
彼と自分自身を消し去るまで

＊

家のブルース

我が家は壁に飾りがない
だから冷たい石灰の壁を見るのは嫌だ
我が家にはドアと窓がある
そんなにたくさんの穴が空いているのは耐えられない

ここで母はメガネをかけて暮らす
ここで妻は髪の毛と共にいる
ここで娘らは裸眼で暮らす
どうして僕は壁を見るのが嫌なのか

世界は広い　一軒の家には
絶対に入りきらないだろう　世界は広い
一軒の家では――世界は広い――
そんなにたくさんの苦しみはない方がいい

＊

47　『カスティーリャ・ブルース』より

階段のブルース

階段を上るひとりの女
苦しみをいっぱい入れた鍋をもって
階段を上るその女
あの苦しみを入れた鍋をもって

僕が階段にひとりの女を見つけると
彼女の方は僕の前で目を伏せた
僕はあの鍋をもったあの女を見つけた

これからは階段を平気で上ることはないだろう

*

午後の訪問

その家に入ってコートを脱いだ
友人たちに寒がっていることを
悟られぬように　でも皆は
言った「おいで、台所に入りな」
するとそこの母親が僕のために火を点けた

あの日ほど心穏やかにパーティーを
楽しんだことはない
木製のグラスにつがれたワイン　子供たちの
視線　言葉
火の輝き……

夜になって　妻が
洗い桶から両手を出して
疲れた顔にかかる
髪の毛を払った
　　　その顔を見た
疲れた顔をしてるね
　　　　でもその顔は微笑んでいた

＊

愛

僕の愛し方は単純だ
君をぎゅっと抱きしめる
まるで自分の心に少しの正義があって
身体で君にそれを与えることができるかのように

君の髪をくしゃくしゃにすると
何か美しいものが手の中にできる

それ以上は知らない　ただ望むのは
君と一緒にいて　心安らかにいて
時折は僕の心にも重くのしかかる
未知の義務を感じること

＊

君の中に

君の中に僕は入らない　君が迷わないように
僕の愛の力で
君の中に僕は入らない　僕が迷わないように
君の存在の中でも　僕の存在の中でも
君を愛して君の心へ入る
君の自然と共生するために
君が僕の人生の中で翼を広げられるように

君も僕も　君も僕も
広がった君の髪も　あんなに愛しているけれど
ただこの黒い道連れ
　　　　　　　　今　僕は

自由を感じている
　　　広がれ
君の髪よ
　　広がるんだ　君の髪よ

*

　『カスティーリャ・ブルース』より

北の街道にて

北へ向かう街道には
坂の上に陽が当たっている
　　　　　アナ　アメリア［共に娘の名前］
陽を受けに僕と行こう

左手にはアメリアの手
右手にはアナの手
三人で命と光を感じる
三人で互いの手と光を感じる
三人で光　沈黙　手を感じる

ある日　地の上を誰も伴わずに歩いた
まだ黄色い坂に太陽が落ちていた
しかし孤独は光よりも強かった

地上に光があろうとも　友よ
北の街道へひとりでは行くな

＊

水を感じる

今日の午後　川岸に座っていた
長い間　多分長い間だったと思う
目が水の流れと一緒に流れていって
肌が川面のように冷たくなるまで

夜になって川がもう見えなくなった
でも闇の中で水が流れていくのを感じていた
耳を傾けたのは夜のあの音だけ
自分の中にただ川の流れだけを感じていた
これほど多くの人間にこれほど広い土地
それに夜のこの音だけで僕の心を満たすには充分だった

友人たちを裏切ったかどうか分からない
水甕は暗くて甘い水がいっぱい
しかし水甕は苦しむ――赤くて古い泥

この水甕を哀れむ者がいる
水甕と水を理解する者がいる
愛ゆえに水甕を壊す者がいる

いずれにしても僕は水を摂らなかった
僕自身が飲んでしまうためには

＊

イスに倒れ込む

イスに倒れ込むときは
僕の頭が死とこすれるとき
両手で土鍋の闇を
つかむとき　あるいは　悲しみを
代弁している書類を
眺めるとき　僕を
支えているのは友情だ

*

『丸腰　二　――視線の受難』（一九六三年から一九七〇年まで、二〇〇三年改稿）

父も種もなく生きる　口をつぐむ
何故ならば　物言わぬ音の納骨堂に
何も見出さないから　由緒ある
果物　楽園にあった果物　丸い
祈りを捧げる言葉がない　健康の
固いベルトは失われている　残るは遺物だけ
木くず　孤独　土地　彫像だけ

＊

心の中の最も抵抗するところに
最も見つめられるところに　世界の沈黙が
その両手を入れる　しかし　命ある鳥を
割り当てられた鳥を覚醒させる

厳しい平静さで　雪の中で話す
目的地の地図には何も書かれていない

しかし　降りてこい　心よ　秘密の雑草を再び踏みつけて
牧人の昔ながらの植物のような
暗いブナの木を越えろ
冷たい透明を降りてきて探せ
血管という森へ入れ　感じるんだ
穏やかな小川を　ミルクの
濃くて母なる雑音を　耳を傾けよ

野獣たちの注意深い歩みを
君の身体で影を横切れ　進め
共有する足跡の上を　眠れ
疲れた神のように　沈黙の中で
そして純粋な驚愕へ馳せつけろ
歓喜の流れの新鮮で栄光の逃走へ　見分けろ
光の中で分散し青ざめた泡を

しかし道へ戻れ　お前を取り巻くのは
孤独の開花
野生の木々　シダの群生
目に見えない噴水だ　口をつぐめ
自分の存在だけで自分を表明せよ
秘密の森のように　それは
目の見えぬ材木や地衣類

それに深みと静謐さにある

鉛色で緑色で藍色で騒がしく
流れる岩の研がれた家系を作る
流れを叩け　もはやお前は思い出さない
家畜のどんな鳴き声も　大人しい孤高の
鈴の音も　感じるのはただ
鼓動とお前が頭にかぶる慈悲深く湿った冠

もはや何も思い出さない　素早い自制心の中でも
不動の蒸した鬘をかぶっていても
青い奈落の底にいても　驚きの中でも
驚きの中でも　暴風雨の目に見えぬ
チュニックを着ていても　死の目の前で
歌う者の激しい歌声を聞いていても

＊

黙って蔑む女《ひと》　運命の上に
毛布　薪　死に装束を
広げる女　そこにいて語らぬ
人々の表情を理解している女　この
大きな両手で地の動きを気付かせ
それに従って光の顔を
固定する女　この女は年老いた
恐怖の母　口をつぐんで待つだけの女

*

言ってくれ、恐ろしいタンスの中に何があるのか
涙の器に何があるのか　これは何だ

薬局で憂鬱を
眺めて　壁に糾弾する

落書きがある
結局　お前は何者だ　どうして口をつぐむのか

＊

『噓の記述』（一九七五年から一九七六年まで、二〇〇三年改稿）より

酸っぱいものが舌に残った、ちょうど神隠しの味がした。
忘却が舌に入り、忘却という行動しか取れなかった、
そして不可能性以外の価値を受け入れなかった。
潮が引いたある日の石灰だらけの船のように、
休息の身を寄せながら、ひれ伏した私の骨を聞いた。
虫たちの逃走と影の後退を聞いた、私に残っているものに入るときに。

ついに真実が空間と私の精神の中で存在するのを止めたと聞いて

そして沈黙の完璧さに抗うことができなかった。

私は祈りを信じないが祈りは私を信じていて

また避けられない地衣類のようにやってきた。

夏の発酵が私の心に導入されて、両手は疲れてゆっくりと滑っていく。

影を投げかけず、空気の単純さを軋ませずにあの顔がやって来る、

骸骨も通行人もなく、まるですべてはただ私の目の中身、私の言葉の統一、私の耳の厚みの中にあるかのように。

皆は従順で、その集合は闇に引きこもる健康のように私は感じる。
それは私自身の中にある友情だ。
それは日々の内部で柔らかい手で捩った羊毛だ。

今は夏で、私はタールと茨と使い始めた鉛筆を用意し
そして判決が私の耳の注射器の先まで昇ってくる。
私は執拗に迫る部屋を出ていった。

捨てられた果物の中にミルクを見つけ、誰もいない病院で鳴き声を聞くことが私にはできる。

私の舌の繁栄は長い間忘れられていたが、しかし川の流れに訪れていたすべての中で明らかにされる。

今年は疲労の年だ。本当にとても老齢の年だ。

今年は必然の年だ。

五百週の間、私の意図は不在で、

小さな結節に身を預けて、無口で、呪うことさえしなかった。

そのうちに拷問は言葉と手を結んだ。

今や顔は微笑み、その微笑みは私の唇に託され、
その音楽の警告はすべての消失を説明して、私に寄り添う。
姿を消しても戻ってくるような鳥たちの囀りのように私のことを語り、
瞼の柔らかさにまだ応じている唇で私のことを語る。

この国で、水銀の記念碑にその重苦しさが描かれていた時代に、

私は腕を広げて草の中へ入っていき、
私はモチノキの茂みを滑って行こう、君が注意してくれるように、君の脇の下の湿気に私を誘ってくれるように。
取り払われた枝にはまだ光があって、君といろいろな顔が野生の細い粒のようにうごめく音節の中で、私の勇気が露わになる。
興奮した精液のように、音の燭台に入り込むまで、
私の身体が鼓動を打たない水の中に潜るまで、
威厳の軟膏を塗って私が顔を隠すまで。
それは賛美ではなく、紫斑病が私の骨に乗り移ったものでもない、

もっと美しくて古風なもので、酢を温めて青くして、包丁を追い越して、フェンシングの選手に威厳を与える滲出液に濡れたまま引き出すこと。

貧困に感謝するのは、貧困が私を呪うことのないように、否定する側に与していた純粋な頃の私と区別する指輪を与えてくれるようにするためだ。

地の上の汚いものすべての証拠となる香りを私は嗅いで、和解はしないが、私たちから残ったものを私は愛する。

私は自分自身のことで老けてしまったが、焼き印がある。訪問者がやって来た。傷の下にはアリがいる。

私は髪の毛の怒りに避難する欲求を感じて、私たちを見捨てた種族の逃げる足音を聞く。

私が同情することをやめたのは、同情は娘たちの心に沈んでいるメダルに描かれた王子に私を引き取らせようとしたからだ。

私はその王子たちと共に、とても暗い容器に取っておかれたジュースがそうであるように、彼らにとっては毒だが、住人においては甘い興奮剤となるだろうものを蒸留する。

私は真実に頼ることはしないだろう、なぜなら真実は否と言って私の身体に酸っぱいものを入れたから。

ハトの腹にはどんな真実があるのか?

真実は言語と鏡が織りなす空間にあるのか?

真実はあの王子たちの質問に答えてしまうものなのか?

では陶工たちの質問への答えとは何か？

司教のチュニックを拾い上げると身体が見えてくるだろうが、こんな質問は見えてこない。

何のためにあるのか？　祭服の紐の中で干からびた言葉もしくは不動の街角に建設された言葉は何のためにあるのか？

図版に姿を変え、次に困窮して何でも欲しがる言葉は何のためにあるのか？

よろしい、ではかつて私がアスファルトやもじゃもじゃの毛のように冷笑家だったことがあるか？

そうではなくて、アスファルトが私の記憶を持っていて、私の叫びが喪失と敵対を語っていただけだ。

我々の幸福はベラドンナにも開けてはならない容器にも閉じこめるのは難しい。

汚いよ、世界は汚い。しかし呼吸をしている。そして君は幸せに輝く動物のようにその部屋に入るのだ。

何かを知って、そして忘れた後で、どんな受難が私と関係するのか?

私は応えるべきではなくて、ただ玄関広間に差し出されているものすべてとひとつになるべきなのだ。そして残りカスの配分では震えるものすべてと夜の帳の下で黄色いものすべてとひとつになるべきなのだ。

残酷さは私たちを聖別された動物と同じにし、私たちは威厳をもって進み、大きな生け贄となって精神の中で儀式を執り行う。

私たちの希望の上にその濃さが重くのしかかる液体を見つけようとすると、母親から受け継いでいるあの布と鱗が私たちから取り外された。私たちは信仰を貫いていたのだ。

脱走する前の仕草すべては年齢の内部で朽ち果てている。

想像してみるがいい、颯爽とした背の高い旅人を、自分の足跡の前で道がなくなり、街も場所を変えたとしたらどうなるか。旅人の心には道に迷ったことではなく、旅の熱情と無意味さがあるだけだ。

私たちの世代はこんなだった。信仰に逆らおうとしていたのだ。

呻くことができた者は真実に抗う者によって猿ぐつわをかまされたが、真実は裏切りと結びついていた。

ある者は猿ぐつわをはめたまま旅することを学んだが、こうすることができた者はまだ有能だったし、裏切りが必要ではない国、つまりは真実のない国を予言した。

それは閉じた国だった。薄明かりだけが唯一の存在だった。

玄武岩の中にある玄武岩のように、動かざることで何も見えずに、私は忘却に所有された。これが私の休息だった。

ただそのまま生きた、生きた。しかし私のしたことは収縮つまり母なる種へ後退してゆくことだった。

そして私の聴覚の特性は沈黙の中でやせ細っていった。

私の真実とは何か？　君たちを排除して私の栄養とは何か？　裏切りに裏切りを重ねた者の誰が誰を裁くというのか？

質問は青春時代の後を継ぐ言葉には無駄な雑音だ。

私の身体は静けさの中に座し、私の要塞は思い出すことにあった。思い出すこと、そして空から振ってくる光を、自殺した者との友情を軽蔑することだ。

私がのろまであることと心の中で優しく血を流す動物がいることを分かってくれ。

君たちの潔癖は無駄なのだ。処刑のときに君たちが灯りをつけ、狂気はその輝きと共に増大する。君たちの敵を賛美するが、君たちの軽率さはその意図と結びついている。

支配において凝固する時間を捨てて、誰もいなくする方が良かったのに。

真実とは何か？　支配の外で、その中で誰が生きたのか？

水底のヌルヌルした泥に住む方が良かったのに。私たちの先生ではないが、君たちが多分たどり着けない君たちの奥底にある者だ。

裁判のだらしなさ。何なんだ、君たちは、忌むべき塀を前にして何を守っているんだ？

私と関係するもうひとつの体質、もうひとつの怒り、
私の母は臆病であることに迷いがない。
私の心は優しさの中で危険なものだった。

君への私の友情は、包丁が台所で何かを刻んでいる夢を見る息子を見つめる母親のようだ。

君に巻いてやる包帯は、私の全身を巻き尽くしてすり切れた包帯で、君の身体に塗ってやる油は私の目の中で安らぐ油だけだろう。

確かに沈黙とは恐ろしい歴史だが、絶望の後に来る安らぎというものもある。

商売を止めてしまった後の平穏さを思い出せ、忘却が腐敗した部屋の甘美さを思い出せ、誰にも道理も希望もない、私たちに何ができただろうか。

今はアマツバメがクルミの木の間を移動して、その音が私の上で震える。

君は遠くの金切り声の間で眠る。私の息子たちよ、君は指の下を滑っていく先生と女たちを苛立たせることに慣れていった。

君は私の顔の前で食料と嘘を分け与えるために来てもいい。そうして君は軽石に掘られてできた凹みで舌を焼くのか？　どうして君は容赦しない種に、偶発的な亜麻仁に心を開くのか？

君は私の手の中で歌うのもいいが、美しさの上で堕落する。

君は近づいた方がずっと良かっただろうに。

私の記憶は何年も前から下水になった川のように忌まわしくて黄色い。

私の記憶は忌まわしい。もっと向こうにあって、記憶の前にあるのは回帰できない国、おそらく存在しなかった国。

とても背が高くてかぐわしい草、濃密さの中での昼寝、つまりは瞳の上のあのミツバチ。

にじみ出ると時が貫く、これを繰り返した。虫たちは繁殖するのを止めず、静けさが私たちを取り巻いていた。しかしあの時は存在しなかった。こうしたことが、パート譜に分ける前の音楽のように、不動の中で起き続けた。

私の記憶はミツバチが壊せない残りカスのように忌まわしくて黄色い。
私の無益の叫びの上に薄い膜を広げていった。これが私の正義だったが、魂から何が残ったのか？

君は正義の中に私を探すな。君は私の身体を見つけられないだろう、ひどい病に冒された動物たちの舌にたかるアブのような教会の中にも、耐えられない予言の中にも。
私の友情は君の上にあるが、私の友情の下に君はいない。私は財産放棄した者ではない。君の美しさは執拗に迫るが、私の疲労は君の美しさよりも底深い。

暗闇が私を包む家畜小屋で私は死を受け取り、死が私の唇を優しく舐めるまで共に会話をする。

それは君の徳ではなくて私のだ。つまり、迫害する者を引き留めるのは君の辛酸ではなく、末期の君の叫びでもなく、

私の心とその羞恥心だ、私の心と

拷問を受けた者の微笑みなのだ。

質問は隠匿の言語には存在しない。すべては破棄されているのだ。

言語は邪悪だが、私の身体の実質だ。

希望を持って自分をごまかす者もいる。

ある場合には、私のことが君の唇を貫き、君の存在の中へゆっくりと入っていくことができるかもしれない。言う内容ではなくて、言葉そのものが愛のように熱いその吐息だ。

私は表現について話しているのであって、裸体を隠す君たちの叫びについてではない・アーケードの下で羞恥心の印が破裂する。私を愛せよと君たちは通行人に言う。死ぬ前に私を愛せよと。そして君たちは暴利をむさぼって納得しあうのだ。

他の方法で、他の言語で、私は君を見つけられずに、ただ君を呼吸する。君は不確実だったが、それこそ君の真骨頂だ。
時代とはこんなもの、私が過ごした時代の姿とはこんなものだ。

血だらけのナツメヤシの実の中にある君の声は海の上にまかれた実体から出ていて、
その音色は輪を描いて飛び、あのもう金色の、甘すぎる果実にもう目がなくなった身体の上を
有毒の翼で飛ぶ。

綿花は幼少の頃に見た稲妻より緑色で、海の記述、目の下にある慈悲なき海の記述を曖昧にする

前兆をはき出す。

そして女らしい油は夏の祝典で煮えたぎる。

今日は暑い日だ。鳥――不快な午後に涙を運ぶ者――一羽しかとまっていない塀の足下で、塩の壺、酸化してほっそりとした支柱、死ぬほどひどく長い旗を君は見る。

否定すべきものがある。それは傷口、軽蔑から出てくる液体、君の娘たちの背中にある唇。

猥褻、忌まわしき優しさ、君の黄色い両手から誰が飲まないことがあろうか。

起きたことすべては破壊に他ならない。

破壊とは何かを君は知っているか？　いや、君は知らない。だって君の眼差しは美しすぎるから、その克服を君は望まなかったんだ。

臆病とは不可能性が持つ唯一の恵みで、臆病が私の中に入ってから、君たちにとっては蔑むものになったであろう優しさが存在し始めた。

しかし君たちはまださらに持つべきものを持たずに、私の貧困の周りを徘徊しても、私が君たちのことを覚えていて、私の必要性の中にあるからには、君たちは拒否されないだろう。

それでは君は破壊とは何かを知らないのか？

君の匂いはまったく残らずに、君の両脚の間にいた証人は君の健康に役立たなかった。

栄光の絶頂の匂いがする君の叫び声、部屋を明るく灯すそれは蛇のシャツのように見捨てられて横たわる。

私の身体も破壊を感じたが、両親の目で見たので、視線は真実のもっと向こうへ滑っていった。

私は確かに破壊が何たるかを知ったので、隠れた雑草を食べて栄養をとり、自分の名前を噛んで、消失したものと共生したのだ。

そうこうしている間に、君たち、つまり若者とさっさと転向した者は真実がその火を消そうとしていることに気が付かなかった。

君たちは裁判所の灯りを消して、射精にふけってやせ細っていた。

そのすぐ後で君たちは離散させられたが、君たちの美しさは長い棒では輝かなかった。
以前に罰を受け、不信感に苛まれ、沈黙の中に隠れたあの身体には反抗心だけがあった。

今、私は君たちに近づいてきてもらいたいのだ。ここには澱のように残ったものがある。その震えは君たちの手から残ったもののためにまだ焼き尽くす力がある。
私が闇を搾って君たちの唇に注げば、貧困が君たちの記憶の中へ入っていくだろう。

夜の底には砂糖がある。死の絨毯の下にある非合法な心のような嘘がある。

他にも否定すべきものがある。それは君たちが嫌がっていたスポンジの中の法律だ。
それは恐怖が話をする部屋の中の法律だ。
そこには侮辱された親たちが暮らしている。

君は忍耐を考えたことがあるか？　オニックス［縞瑪瑙。鍾乳石に含まれる縞模様のある石灰岩］に似た忍耐を考えたことがあるか？　その忍耐は音の中にある墓を暴き、いつかやって来る、追放の後にやって来るだろう
風に布がはためくがままにしている。

街は汚れたままだ。村の共有地には苛立ちがあり、麦角とライ麦が共生し、育つ食料は私たちの子供の食事となるだろう。


私に希望はなく、あるのは君がその名を言うことがない苦しみだけだ。

私に希望はなく、あるのはその名が君の唇に触れることがない苦しみだけだ。

幼少の頃を横切るように思い出すと、モルヒネの国々と私が憩った広い森と大きな翼が私の目の上を通っていった。

日が暮れると私が行く場所には私が収穫する肉厚の果実があって、ホタルの光で指を火傷する
が収穫を続ける私は他の場所へ行くのに手間取って、寝室には年老いた私よりも年老いた私
の母がいる。

そして言葉、屋根瓦の下の熱気、後ずさりする凝塊、夢で変装して人を狂わせる苦渋

これらは何なんだ、真実が消えてしまったときに私の中で何をするんだ?

真実から残ったものはただ公証人たちのひどい体臭と

淫乱なシラミの卵、涙、室内用便器、

それに裏切りの儀式だけだ。

かつて広く咲いていたアジサイが私の身体の最上階にある部屋を飾っている。

ここはどんな場所なんだ、ここはどんな場所なんだ？　君はまだ私の心の中にいて元気なのか？

私が見た死は木々（君の姉妹たちの涙よりほっそりとした木々）と輝きの中のエリカ［ツツジ科エリカ属の植物で常緑の低木］と静けさに囲まれていた。

私が見た青い影は疥癬の中に散らばって、気付かせてくれたのはただ私の心と同じくらい古くからいる動物、とても疲れた特使たちだけ、

私が愛した口からの脱走（自殺の鏡の前にある大きな種）

そして鋼鉄の中の希望。

秋は目に見えない鳥たちに現れる。君はどうするだろうか、君の記憶が忘却であふれかえっているならば、辿り着きたくなかった国にいるならば。

奥の仮面はずしりと重く、祖国の現状の上に布は重くのしかかる。

羞恥は平和の証だ。私は私の羞恥心を持って馳せ着けるだろう。

拷問へ向かう身体もあれば、軽やかに愛のポーズを取る身体もあるが、知恵はより深い聖杯の中で増えるもの。

君の記憶が忘却で一杯ならば君はどうするだろうか？　すべては透明だ。筆跡はそこで止まり、目には雨が降る。

私たちの唇は不可解な言葉で老化した。

この国は風で焼かれはしなかった。獣の群れによって削り取られはしなかった。今や完璧なる死が私の精神にある。

シーツの密告と内線番号があった。そして外に誰かの足音。

夜が街の上に降りてくる間に誰かが呻いた。

誰が呻いたのか？　ポプラ並木の背後で、掘った穴のある牧場で、そこでは氷が火打ち石を取り囲む。

街はひとつの呻き声に包まれた。

私の前に打ち込まれた扉、何かを隠している扉だ！　ある実体のような、濃厚な不動の塊を私は感じる。

市場の匂いが夕暮れの薄明かりの下で強くなる。材木の樹脂と月桂樹、食べ物が入った重いカップ、肉の中にある使用済みの布、とても冷たい鉄、すべてのものは恐怖を伝え、馬たちはとても遠くの野営地で最期を迎える。

市場の匂いは私の魂の匂いだ。

私は大柄な女たちを中庭で見た。（そして光を反射して輝くあの舌も。）

大柄で白かった。その後、部屋で彼女らは身体を洗い、髪をおろす。

ひどく年老いた母親が数人、潜り戸までやって来たが、目が眩むような娘たちに追いつかれて、
寝室へ連れ戻される。

部屋の中はこうだ。広げられたシーツに黄疸の出た老婆。洗面器を持って、あるいは火鉢の輝
きの中で、数人が泣いている。

そして人間の離散。盛り土を乗り越える者と街を所有する者、こいつらの落ち着き払った態度
は殺人的だ。

こいつらの —— 油を塗ってなめした革の下で —— 視線は水銀の素早さを持ち、アカシアの
美しさに守られて歩く。

（ナイフを使って口笛を吹く者と倉庫の中で灯りをつける者、

正確な顔の表情を記述する者。）

ハトがどよめく、屋根裏部屋の上で。それは私の幼少時代の音だ。

私の財産はわずかだ。麻布、牛乳——縁が青い——とスパイたちの見張り。

これらが私の目に残っているもの、私の魂の中身だ。

ポプラ並木の背後で誰が呻いたのか？　冬のニュースがあって、降りた霜の上で犬らが寂しく
交尾する。

棘の束だ、私の心を貫くが、とは言え、この夢から私は目覚めなかった。

見えない形にだけ熟練したこの唇では現実は追い払われる。
私の幼少時代の動揺が止む。恐怖が止んで、その空洞は大きい。

自分の墓を持たない土地、目眩の中で白髪になった母。
それが私の祖国から残っているもの。

告発は余りにも長い間、私の舌の中に残りすぎた。熟して甘くなる実のように君は鈍い。

君は跡がつくまで私の肌を舐める。そして君の嗚咽が私の心に丸天井をつくるが
しかし私の肌にとても痩せた動物が棲んでいる。説得力のある動物とはかなさに精通した他のものが。
君だけが外を気にしていて、恐ろしい。私の行為を奪って、眠らない者、
平穏さに目が眩んだ者。
君の中で声を上げるのは誰、君の顔の形は誰のなんだ?

自殺の香水で栄養をとる者から離れろ、私から離れろ、否定が私の身体に触れたから。

君の魂は疲れ果てているが、疲労の中で君は背が高い。姿を消した神々に君は話しかける。

君の中に似たようなものはない。君の舌の中に感染症と火があって、純粋さが君の病だ。

棘のある場所まで君は上る。日暮れの薄明かりの縁に君は触れる。

熟して甘くなる実のように君は鈍い。君の中に似たようなものはない。


私は自分の目に昼間をおいた。そして私の行動はある深い場所にある松ヤニの匂いのようだ。

死の部屋で私は光だけを見た。

死におけるある音。光が充満した私の耳と警察の取る行為の上を高く舞うハト。

怒りっぽい水の中のように、私の顔はこの鋼の中で美しい。制限のない群衆、怒りの幸福、それで、君は隠れるのかい、私の魂の住人よ。
君の母親の寝室でさえ嘘をつくのは誰だ？

今日は光り輝く反省の日、君の目の中で私が自分を蔑む日だ。
私は命と同じく死も恐れた。これらの空の箱の上に光、
私の母親の顔に石ころ、
冬の数字の下に長い告発がある。

公務員と子供の皮膚でできた仮面を被った未亡人は白熱した文章を書いたが、君は彼女らの腕の中で眠っていた。君は彼女らの腕の中で休んでいたが、文字は君の腹を貫いた。

君は自由に夢を見なかった。

今日は光り輝く反省の日で、アマツバメが食材を見つめている。テラスは完璧な明るさで満ちていて、

君が私に理由のない明るさを強いる場所だ。

しかし青い甘さ――水銀の中にあるあの影――と拷問を受けた乳房に駆けつけるヒバリが
君の目の中で滑っていった。

君は軽蔑の日だ。

矛盾が私の魂にある。慈悲について語る口に歯があるように。

困惑が私の魂にあって、私の辛酸を哀れむ女たちの中で私の舌が滑るときに、私は川のことを考える。私の健康はそれらの大きな窓を前にして淫乱となる。

これらの群れ……　そして君の背中の白さ、私の前を行く盲目の旅人、あるいは目眩でつやが出たそれらのカップに入った青い食料、死ぬときのために用意されたもの。

長い口笛が中庭から聞こえる。私はそれを遅い時刻まで聞いて、世界は空洞であって、貫通の美しさが夜のグラスの底で沸き立つ。

ある日の前夜はこのようなもの。牛乳が朝を告げる。

誰が私の耳に入ったんだ?

忘却が監視された私の祖国で、私はもっと大きくて見知らぬ国にいた。
私は瞬きが沈黙している間に、病人の予感と提案に苦しめられたあの森への帰還を果たした。
恐怖が君の顔の力を見るのはここだ。消失の中での君の現実。

（夜の底に降る雨のように広がっていた、哀しみよりも遅く、私の身体の上の唇よりも湿っていた。）

裏切りの大いなる日々だった。

燐光が私の栄養だった。君は母親の両脚の間で嘘をでっち上げた。苦しみがなかったから、君は同情をでっち上げた。

君はよくアジサイへ戻っていった。

そして警察官のメガネの下で嗚咽した。

私は無用の光を見た。

祈るときの私の唇は冷たい。この不可解な物語は私たちに残っているもの。裏切りは不可侵の
　心で繁栄する。

嘘の深さ。夜の鏡に映る私の行為すべて。そして愚劣さの入口でまだ覚醒している英雄たちの
　肌の上で石灰が輝く。

そして窓ガラスにこだまするその金切り声、愛の瞬間にしか見えないものであるその傷。

これは何時のことだ、私たちの青春時代に生い茂る草は何だ?

*

『墓石』（一九七七年から一九八六年まで、二〇〇三年改稿）より

奈落へ落チタ母親ノ平穏サノ中デ

不運ニヨッテ焼カレル前ニ、馬ガ涙ヲ流スノヲ学ブ前ニ
咲クノヲヤメタアル花ノ中デ

老人タチノ湿気ノ中デ

心ノ黄色イ実体ノ中デ

＊

すべての動物は集まって、ひとつの大きな呻き声になる。老人たちの口笛が私には聞こえる。

君はおそらく神隠しのことを考えている。

無駄な言葉の純粋さを私が知るために、君は私に話しかけてくれ。

*

金曜日と鋼

鳥たちが時間を誤った。それが陰謀だとは私たちは知らなかったが、大きなシーツ一枚の他に希望は存在してなかった。石灰は影に脅されて沸騰し、廊下は恐怖の玄関へ通じていた。何人かの母親は身を預けて、血まみれのエプロンにしがみついた子どもたちの泣き声を聞いていた。

カキネガラシ〔植物の名前〕が私の口の中にあった。羨望は黄色いボール紙の上の油のように前進し、ファン・ガレア〔ファン・ガレア・バルホラ（一九一九〜二〇〇四）、表現主義の流れをくむスペインの画家〕は怒りの籠を持って、ゆっくりと慈悲心へ降りていく。

今日は鋼の日だ。その輝きは死人たちの目に入る。おぼろげな母よ、ハトの間に隠れた人から私を解放してくれ。私の顔を隠し、金曜日から私を救ってくれ。

＊

スパイの歌

健康はない、休息はない。暗い衝動は風に乗ってやって来て、不幸の数字の下で人間を選び出す。黒い怒号が大きくなって、君は最も悲しい雄しべと不眠の母親たちの間で（止まらない太陽の下で、涙の窪みの中で、前兆の紫色の根の中で）、稲妻の独房に住み、墓石の森の中で視線を滑らせる。

鳥たちはまだ呻いているか？　すべては血まみれになっている。音楽の底で耳が聞こえない私はまた主張すべきなのか？　私の精神と的を違えないスパイの間におかれた庭に監視がいる。教会にも監視がいる。

石灰化と不義から君は身を守れ。身を守るんだ、いいか、君自身からもだ、スペインよ。

＊

バルコニーから暗い玄関の上を私は冷たい手摺りに顔をつけて見つめていた。ベゴニアの背後に隠れてやせ細った男たちの動きをとある者がこっそりと観察していた。坑内ガスで青く、恐ろしい横糸を描くような細工を施された頬をしていた。またある者は隠れた孤児という境遇を揺りかごを揺らしながら歌っていた。のろまな男たちだったが、禁止と死の匂いにひどく怒っていた。

（私の母は両目を大きく開けて、足下の床が軋むのに怯えて、背後から私に近づき、黙ったまま荒々しく部屋の中へ私を引き入れた。右手の人差し指を自分の唇に当てて、バルコニーのカーテンをゆっくりと閉めた。）

＊

囚人たちの紐は繋がっていた。沈黙とマントを背負った人たち。ベルネスガ川［スペイン西北部にあるレオン市を流れる川］の向こう側に彼らを友情と恐怖を持って見つめる者がいた。ある疲れ切った美しい女が大きな籠にオレンジを入れて近づこうとした。その度に、最後のオレンジが彼女の両手を焼いた。いつもオレンジよりも囚人の方が多かった。

彼らが私のバルコニーの下を横切ると、私は顔に冷たさが消えはしないだろう鉄の柵まで私は降りていった。彼らは長い紐に繋がれたまま橋まで連れて行かれて、川の湿気を感じていた。サン・マルコス［レオン市にある修道院の名前］の闇、恥じ入った私の街の悲しい倉庫に入るまでは。

＊

シンボルに貫かれた日々だった。私は黒い子羊を持っていた。その眼差しもその名も私は忘れてしまった。

私の家の近くで合流するとき、ムラサキ草が小道の区切りとなっていて、小道はどこへも通じることなく交わって、私が子羊をよく連れて行った小さな牧場の終点だった。小さな迷路で探検ごっこをしてよく遊んだもので、しかしそれも虫がうようよいるお腹のように沈黙が恐怖を吹き出させるまでだった。あれやこれやのときにこんなことは起きた。恐れが私の中に入ってくるだろうことは知っていたが、私は牧場へよく行ったものだった。

最後に、子羊は肉屋へ送られて、私が学んだことは私を愛してくれた人々もまた死の管理について決定権を持っていたということだ。

＊

熱心な祈りは麻の店、つまり、修理中なのに高々とワインで乾杯する場所へ通じる。その向こうに暗闇の中で颯爽と、大きなナイフの飛行が始まる。血まみれのショーケースの上の脂と輝き。美しいのは青い死体だ。鋼の音を私たちは聞き、鏡の中で固くなった魚から潮の香りを吸い込むと、影は私たちの歩みの前で緑色になり、ついに牛乳が透明の死に装束の下で休む。死の有用性、離れた中庭で処刑された動物の冷たさ、業務用の太鼓《ティンパニー》の下に敷いてあるシーツ。

＊

優しさも名前もない友情を私は見た。肉屋の人々、材木商の人々、怒りの色を持つ塀を身に纏っていた人々、アセチレンに火を点けていた人々。

影が形づくられると、大理石の上と漂白剤の匂いがする板の上で動物たちの目眩、溶接の毒気ある呼吸が治まるのだった。大きな手が紫色のグラスへのびて、ワインは労働者の顔で燃えていた。

＊

黒い知らせ

動かないハイタカには何も隠されていない。その黄色い目は燃えている。
そしてそれを語るとこうなる。病んだ水の流れ、物乞いの動かない顔と顔。

君はタンスの中で近親相姦をするな。身を守れ。身に宿るのは喘息、帰属、精神、
そしておそらく過ぎていく日々と絶望した羽根だ。

君は座って、もう死を見つめるんだ。

＊

売春宿からの報告

老婆たちの申請書を見た。
それに針も。闇と
彼女らのメダルの湿り気。

父親のいない木曜日、ただの木曜日だった。
鏡の中には誰もいなかった。見たのは
注射器の針と黄昏の後の

永遠の中にいる雌鳥たちだった。

神は悲しみに疲れて
姿を消したくなった。 あの午後が
私の人生における唯一の午後だった。

*

未亡人たちの食堂

君は冬が通り過ぎていくのを見ていて、くぼんだ部屋には、小数点以下の大きな数字の下で、
葬儀の銀が汗をかく。
ああ、スプーンたちよ、それは砂糖が溶けて沸騰するときの君の聴覚だ。
ああ、死のヒバリによって誘惑された心の中のスプーンたちよ。

＊

慈悲のタンゴ

私の人生最後の羊毛だ。
砂糖と愛はある。　私の心の
皺の中には監視人がいる。
そして可哀想な君はおとなしく私の中にいる。

＊

私は存在するのをやめ始めた人間で
そしてまだすすり泣いている人間だ。
無駄にこの二つであることは何と疲れることか。

＊

ああ、名誉なき老年よ。そして副詞が
私の魂に預けられていく。
（禁止されたグラスの中の涙、貪欲な蝶。）

その牧人の激怒を私は知っている。枝をかき分けてやって来る。
でも、もう夜だ。

副詞は
私の魂の中で疲れている。

*

『寒冷の書』（一九八六年から一九九二年まで、一九九八年および二〇〇四年改稿）より

噴水の側で私は寒い。心臓が疲れるまで昇った。

山の斜面には黒い草、影には紫色の百合があるが、奈落を前にしてどうすればいいのか？

黙った鷲の下で広大さは意味がない。

＊

冬に焼かれた葡萄畑を前にして、私は恐怖と光（私の目の中にある唯一の実体）のことを考え、
雨と怒りに貫かれた距離のことを考える。

＊

この家は耕作と死に捧げられていた。
その内部ではイラクサが蔓延し、雨で痛めつけられた木材の上に花が重くのしかかっている。

*

屠殺用ナイフに運命づけられた家畜たちと悲しみの中で動かない馬たちの目に私は平静さを見た。
その後で石灰と老人たちにその光と嘆きが住み着いた大きな亀裂を見た。

*

涙でひびの入った材木の上に身を伸ばして、亜麻仁と影の匂いを嗅ぐ。
ああ、私の心にあるモルヒネよ。言葉に見捨てられた白い領域の前で目を開けたまま私は眠るのだ。

*

酩酊の中で彼を取り巻くのは、女たち、影、警察と風。

紫色のエリカに血管を、純粋さに目眩を重ねていた。怒った霜の花は彼の耳には青かった。

薔薇と蛇とスプーンは美しかったが、ところが彼の両手に居座っていた。

*

影に張り付いた平静さ、焼かれた花々が預けられた輪《サークル》、植物の蔓の曲がり具合を監視していた。

午後には、不可解な彼の片手が私たちを名もない土地へ、見捨てられた工具の憂鬱へ連れて行ったこともあった。

*

いつもやって来たのは影、顔の近くで息する湿った動物。脂がラベンダーで輝き、地上の酒蔵の黒い柔らかさを私は見た。

あの祝日だった。白い台所の光とサフラン、遠くで埃っぽい花輪飾りの下に、炭化したものの悲しみの中の顔。

そして音楽が終わった後の呻き声。

*

寒さという牢獄の中でも彼は聡明だった。
青い朝に予兆を見た。ハイタカが冬を裂き、小川の流れは雪の花の間で緩やかだった。
女の身体がやって来ては、彼はその豊満さを指摘していた。
その後で目に見えない手がやって来た。正確な優しさと共に彼は母親の片手を掴んだ。

*

誰かが、白い記憶の中に、不動のままの心に入った。
私が霧の下で何らかの光を見ると、誤りの優しさが私に目を閉じさせる。
憂鬱の酩酊だ。病める薔薇に顔を近づけるように、香水と死の間で揺れている。

*

私には恐怖も希望もない。運命の外にあるホテルから見える黒い浜辺、遠くには私に関わらない痛みを持つ街が大きく瞬きするのが見える。

私はメチレンと愛からやって来た。死のチューブの下で寒くて震えていた。

今は海を眺めている。私には恐怖も希望もない。

*

君は賢明で臆病で、湿った女たちの中で傷ついて、君の考えは怒りの記憶に過ぎない。
恐るべき危険な薔薇を私は見ている。
ああ、旅人よ、ああ、乱れた瞬きよ。

*

慈悲心の中にある黒いシーツ、
血塗られた言語で語られる君の言葉。

病んだ実体の中にまだあるシーツ、
君の口と私の口の中で泣いている実体、
そして優しく傷跡を通り抜けて
私の骨を君の人間らしい骨と結びつける。

もうこれ以上私の中で君は死ぬな、　私の舌から出て行け。

雪の中に入るために私に手を貸してくれ。

＊

すべての神隠しを私は愛した。
目に見えない庭で小夜鳴鳥がまだ囀っている。

＊

私たちの身体は理解し合う度に悲しむが、私はこの紫の荒野を愛する。
ああ、寝室の黒い花よ、ああ、夜明けの丸薬よ。

*

私の唇に君が続ける愛、
プロペラと大きな女の影の下で希望のない蜂蜜があり、　夏の苦悩の中で水銀のように心の青い
　傷跡まで降りてくる。
君が続ける愛が　私の両脚の間で
希望のない蜂蜜のように泣く。

＊

君の舌がやってきた。今は私の口の中にある、
憂鬱の中にある果実のように。
私の口を哀れんでくれ、吸って舐めてくれ、
愛しい人よ、その影を。

*

私は君の目の中で年老いた。君は優しさであり、絶滅だったから、私は夜の果実の中で君の身体を愛した。

君の無邪気さは私の目の前にあるナイフのようだ、

しかし君は私の心に重く、暗い蜂蜜のように、死へ向かうときに私は唇に君を感じている。

＊

泣く動物は君の母親の影を舐めて、君は別の時代を思い出す。光の中には何もなかった。ただ君は生きることの不可思議さを感じていた。その後、研ぎ師がやって来て、彼の蛇が君の耳へ入っていった。

今、君は恐怖を感じ、すぐさま正確さが君を酔わせる。目に見えない細い管が君の窓の下で鳴いている。研ぎ師がやって来たのだ。

限界の音楽を君は聞き、泣く動物が通り過ぎるのを君は見る。

*

涙を流す動物、それは黄色くなるまでは君の魂の中にあった。
白い傷をなめる動物、
それは慈悲心の中で目が眩んでいる。
光の中で眠るが、惨めな動物、
それは閃光の中でもがき苦しむ。
心が青く、絶え間なく君を養う女、
それは怒りの中にいる君の母親だ。

＊

忘れることなく沈黙の中で裸になっている女、
それは君の目の中の音楽だった。
平穏の中の目眩、鏡に入るのは肉体の実質で、ハトが燃える。君が描くのは判決と嵐と嘆き。
これが老年の光だ。これが
白い傷の出現だ。

*

動かない水の前で私は裸だ。服は最後の枝の沈黙の中に捨ててきた。
これは運命だった
端まで到着して、水の平穏さを恐れること。

*

肝臓にある激怒のように、自分の中に盲目の言葉が隠されている。あるのは
君の舌の黒い瘤。ないのは
希望と音。

*

聴覚の暗闇には夜明けの音は絶対に届かない。隠れた丸天井で沈黙が唸り、君の膜の中を滑っていく。鳥が囀り、君の情熱には何も聞こえない。

君はもう聴覚の中にはいない。

*

君の両手にあるオレンジ、そのつや、それは永遠のものなのか？
水とナイフの側で、永遠の空洞の中にオレンジはあるのか？
消失の果実。君の両手の中で余りに過度な現実さが燃える。

＊

君は湿った布の匂い、君の酸の匂いがする。それが君から残ったもので、生きている厚みだ。
君は水銀のない鏡を見る。それは影に沈み込んだガラスに過ぎないが、その中に君の顔がある。
そのようにして
君は君の中にいる。

＊

君が小さい頃の大きい女たち、漂白剤と愛の匂いがする。
君の女たちの中で休む女たち、焼け焦げた軟骨の中で柔らかい。
直腸の影に降りてくる女たち、瞼の青い網目の中で冷たい女たち。

*

君の舌の上に青い油、君の血管の中の黒い種。最後のシンボルの中に君は意味のない純粋さを
見る。

それが老年の酩酊だ。光の中の光。アルコールだが
希望はない。

*

私は消失を愛した。そして今や最後の顔が私から出て行った。
白いカーテンを私は横切って行った。
もう私の目の中には光しかない。

*

『毒薬の書』（一九九五年）より

ギリシアの医師ペダニウス・ディオスコリデス（四〇〜九〇）が書いて、植物学および薬草学の古典として尊ばれた『薬物誌』を、スペインの医師にして人文主義者アンドレス・デ・ラグーナ（一四九九〜一五五九）が注釈を付けて一五五五年に出版したものの第六書に、さらにガモネダが注釈を付けて出版したもの。ここではガモネダが付した注釈だけを訳出している。［訳者註］

セントーレア［ヤグルマギク属の草花］は大地が流す血の汗だと呼ばれる。湿った荒れ地に育成し、その花は理由もなく開いたり閉じたりする。地下の根で排水をして、激怒が宿るところである脾臓の肥大を抑え、心を安堵させて、体内で気が循環するようにさせる。

ミトリダテス［黒海辺りを治めていた王（前一三二〜前六三）］は神々を蔑んだが、神の力は信じていて、自分も神のような力を持ちたいという野望を持ち、さらには破壊するために敵を作り出すのと同じように、目に見えない権力に追われながら生きていた。血と魔術に従って世界を理解したが、血と魔術は彼の手の中で権力に変貌すると思っていたのであろう。

軍人以外では、二種の廷臣たちにかしずかれていて、ひとつは思想と芸術によってまとめられる人物たちで、既に述べたように、中でもギリシア人とペルシャ人が重要な人材だったが、彼らは媚びへつらってはいても、国王の魂と同じくらいの深みを持つ深淵の縁で暮らしていることを何らかの印で表していた。もうひとつの集団は体臭がひどい集団で、メンバーにはアジアの呪術師、汚れた卜占官、忘れられた神々に仕える神官たちがおり、これら皆に尊厳と恐れを心の底で抱いていたミトリダテスだったが、時々誰かを絞首刑に処したのは、忌まわしくて習うことのできない美徳を彼らが有していたからであって、まさにその美徳が表からは見えないからこそ、これらの力は人に知られず、それ故に恐れられていたのだ。ミトリダテスはクラテバス［ギリシアの医師で、毒を利用して薬を作ることに長けていたとされる。存在は確認されているが、詳細は謎に包まれた人物。］や他の歴史家の考えに従ってこのような人物だと思われていた。

＊

クラテバスが語るところによると、軍隊の後を追う家畜の飼育頭を愛していたひとりの女（ここでそのギリシア人はこう書いている。「腰が細くて手の温かい女だった。おそらくアナトリア〔小アジアにあって、現在はトルコに属する地方〕生まれだろう」）に誘われて、その飼育頭を訪問しに行くと、腹から邪魔者を取り除いていたところに近づいてきた毒蛇に睾丸を噛みつかれていたところだった。続けて、クラテバスはこう言っている。隠れた穴から、また口や耳からも血を流していたが、最も酷かったのは両方の睾丸になされた残虐な行為が原因で流れた血で、本人は蛇に噛まれたことで理性を失っており、このことではアリスティオン〔二世紀に小アジアで拷問を受けて殉教したキリスト教の司教〕の手がよく知られているが、飼育頭は蛇の毒によってではなく、流れ出る噴水のような大量の出血が原因で死にかけていた。

これは背景にコーカサス〔ヨーロッパ・ロシアの南部で、黒海とカスピ海に挟まれた地方〕の山が見えている場所で行われていたが、これには（この薬草採集者つまりクラテバスはこう言っている）カサリ〔詳細は不明〕という救済策があって、このやり方は雪を詰めた革袋で出血しているところを塞いで、冷やすことで血を止めて、こうしても頭の調子が明快にならなければ、青ざめてはいても、覚醒させることである。

しかし雪は遠くにしかなかったので、チョロギ〔シソ科の多年草〕を身体中の穴という穴に詰めることに決め、口には息をするために麦わらをひとつ咥えさせ、多くの草で最大の原因である生殖器を縛った。古文書が伝えるところでは、最終的に飼育頭は蛇の肉汁を飲み、あらゆる外科的処置を受けて命が助かったが、性愛の術では役立たずとなった。

*

記録でも学術書でもクラテバスはドリーノについては多くを語っていない。傷口を手で触る者のように、そっと軽く触れている。島々や海岸には樫の木が豊かにある祖国ギリシアで遙か昔の時代に留まったままなのだと私は思う。一方、アジアではドリーノは知られていないか、別の名前で正体を隠されている。それらすべてについては、全体を私がここに写している古文書の文字から判断しうる。

「この蛇の記憶は私の心に影のように重くのしかかり、その姿は私の両眼の奥に留まり、ついにはその場所で愛された顔が燃える。私は私に属さない嘆きの甘美さを消失の中で発せられた言葉の恐るべき優しさを自分の中に感じる。蛇と嘆き。私の知識すべてはこの無駄な呻き声に過ぎない。私の行動すべては水中の鳥の影に過ぎない。」

＊

トネリコは大きく成長する木で、黄色または白い材木になる。蛇が地中から這い出る前に花開き、隠れた効能は疫病に効果があることである。一般に言われていることでは、トネリコが家に入り込むと難産と犬死の原因になる。ピスタチオは実が緑色で、胃を整え、血を吐く者を治す。ムラサキ草は棘のある細い草で、その葉は表面がざらざらしていて黒く、腰痛を緩和して、女は母乳がよく出るようになる。

*

ガルバヌム〔芳香性のあるゴム性樹脂で、薬用になる〕は芳香性のある植物からとった白いゴムで、火にくべると蛇を追い払う。しかしながら、伝染性の物質を外へ引き出し、蜂巣炎《ほうそうえん》を和らげ、子宮から死んだ胎児を引き出して母親の苦しみもとりのぞく。陸亀は露が発生することよって砂漠に生まれる。成長すると色欲で発狂する。海亀またはガラパゴスは海に浮かんで眠るときに鼾をかき、卵を見つめながら抱く。

＊

睡蓮は静かな水辺を泳ぎ、白い花をつけて、睡魔を呼び起こす。スベリヒユという雑草は石ころだらけの土地に生育し、ばらまかれたようにその地表に黄色い花を咲かせる。結腸の腫れに役立つだけでなく、姦淫の欲望を鎮める。葵は菜園と下水管に蔓延って、湿布をすれば根太［背中や大腿部・臀部など脂肪の多いところにできる腫れ物］とカタルを和らげる。アルカケンギはアラビア語で犬の膀胱と呼ばれる植物で、その実は赤く、黄疸を散らす。

今、私はクラテバスの古文書の中で次の一説を読んでいる。

「忍冬《すいかずら》にゲンセイ［ツチハンミョウ科の甲虫の総称］を見つけた。青い炎の間で沸騰しているように思われたが、その悪臭は家にまで入ってきた。綺麗な布の上で、その身体を陽にあててみると乾燥して粉々になって輝いていた。この特性はゲンセイが蜜を吸った紫の花が原因だと思う。

六十歳のビティニア人で、泥棒のアカンの舌に、クロバエの手足は認めずに、この灰を二カ所に置いた。部屋の片隅で一日の四分の一を過ごした後で、アカンは嘘をついて私を呼んだ。彼は血の小池に座っていて、私が彼の動かない黄色い目をのぞき込むと、私の顔に唾を吐いた。翌日、私は肝臓の薄膜の中で再び埃っぽい輝きを見た。」

*

『消失が燃える』（一九九三年から二〇〇三年まで、二〇〇四年改稿）より

光は私の瞼の下で荒れ狂う。

灰の中で呆然とした小夜鳴鳥から、その黒い音楽の内臓から、嵐が出現する。泣き声が古い独房へ降りてくる。私は指摘する、生きている鞭を、

野獣の不動の眼差しを、私の心の中の冷たい刃を。

すべては予兆だ。光は影の骨髄で、虫たちは夜明けの燭台の中で死んでいく。こうして

私の中で意味あるものが燃える。

＊

永遠の現れに光のかけらありて、私たちはそれを舐めた、ほとんど愛でるように、目に見えぬ膜を。不動の枝には冬しかなくて、すべての記号は虚ろだ。

決してやっては来ないだろう犬たちに与えるために捨てられた骨のように、二つの否定の間に私たちだけがいる。

石灰の部屋に陽が差し込み始める。黒い縫合は無駄になった。

ひとつの喜びが残っている。今度は私たちが燃えるのだ、

理解不能な言葉の中で。

＊

私は奈落に憐憫の骨を投げた。苦しみが平穏さの一部であるときに、そんなことはする必要もないが、落ちながら放った光は私の中で深酒のような効果をもたらす。

死の中でも凪が伸びることを知っている。ただ

心には誰も降りて行かないだけだ。嘘を追い出すと自分自身を手放すことになり、自分と自分の首を切ることになり、

誰も来ない。何もない、

影も苦悩も。では

光だけがあれ。これが

最後の酩酊だ。目眩と忘却、

それぞれが半分ずつある。

＊

まだ彼らの手が私の夢へやってきては、黒い叫び声をあげて私の心に隠された鉄を持って入り込む。

私の老年は彼らの骨をねじ曲げて、彼らの髪の毛を焼く、しめった愛の肌の中に包まれた私の老年が。

彼らの視線は私が絶対に行かないであろう国々からやってくる。

私の肌の上で奴らの涙が沸騰する。

＊

存在しない動物の爪が夢の中で私たちの目を引き抜く。

夜とはそういうもの。

*

消失が燃える。もう既に
母の頭の中で燃えていた。かつては
真実が燃えた。そしてまた
私の考えも燃えた。今、
私の情熱は無関心と同じだ。

耳を傾ける、

材木の中で目に見えない歯ぎしりに。

*

やって来るのは誰だ?
大声を上げて、あの夏を
告げて、黒い
ランプに火を点して、ナイフの
青い純粋さの中で口笛を吹きながら。

*

彼らはランプを掲げてやって来る、案内役は
目の見えない蛇たちで、
白い砂へ連れて行く。

鐘がいくつも燃えている。聞こえる、
涙に包まれた街の中で
鋼の呻く音が聞こえる。

*

あれは
人が奏でた音楽だった、落ち着かぬ
馬たちの悲鳴、あれは
血みどろの綿花を収穫するときに
流れる葬送のパヴァーヌだった。

幾千もの人間が頭を垂れた、
遠吠えする母性のガーゴイル、虐められた

雌鳥が描く車輪だった。
未だに、再び、私たちの手には
石灰と冷たい骨、警察の
黒い脊髄がある。

＊

蟻たちが蠢くその下に
多くの瞼があって、脇の溝には
末期の水があった。

未だに私の心には
蟻が蠢いている。

＊

もはや目に見えぬ顔があるだけだ。

思い出と影の中で

私は徒に憔悴してしまった。

*

多分、沈黙はそれ自身を越えて続くが、存在は黒い叫びひとつ、永遠を前にした金切り声ひとつに過ぎない。

私たちの瞼の上に過ちが重くのしかかる。

＊

私が涙の窪みに沈むラベンダーを見るとその光景が私の中で燃えた。

雨の向こうに私が見たものは病んだ蛇――透明の潰瘍が美しい――、茨と影に脅された果実、露によって興奮させられた草。瀕死の小夜鳴き鳥、羽根と光でいっぱいになったその喉を私は見た。

私は存在を夢見ていたが、それは拷問を受けた庭だ。私の前を目眩で老け込んだ母親たちが通る。

私の考えは永遠より手前にあるが、永遠なんてものはないのだ。私は青春を空の墓の前で無駄にして、記憶の中で悲しくギャロップする一頭の馬のように、私の中でまた打診している質問で疲労困憊した。

私自身の中で私はまだ迷っている、自身の心の冷たさの中で倒れてしまうだろうことを知ってはいても。

これが年老いるということ。休息のない明確さ。

＊

夕暮れの薄明かりに隠れた一匹の動物が私を見張っていて、私を不憫に思っている。腐った果実は重く、肉体のカメラは煮立っている。鏡だらけのこの病気を横切ることは疲れる。誰かが私の心の中で口笛を吹く。誰かは知らないが、終わりのないその音節を私は理解できる。

私の考えには血が通っている。黒い墓石の上に私は字を書く。私自身が珍獣なのだ。自身のことはわきまえている。愛する瞼を舐めて、その舌に父親の実態を持ち続けている。それが私だ、間違いない。声を出さずに歌い、座って死を眺めてきたが、しかし見えているのはただランプとハエと葬式のテープの伝説だけだ。時折、不動の午後の間に大声を上げる。

目に見えぬものは光の中にあるが、しかし目に見えぬものの中では何が燃えているのか？　不可能性は私たちの教会だ。とどのつまり、その動物は断末魔の苦しみの中で、疲弊するのを拒否する。

それは眠っているときも私の中で目覚めているものだ。それは生まれなかったが、さりとて死ぬべきでもない。

物事はこのようなもの。私たちはどのような失われた明るさからやって来たのか？　誰が非存在を思い出せるというのか？　元へ戻ることができたらずっと楽なことだろうが、しかし

私たちは迷ったまま茨の森へ入った。最後の予言の向こうには何もない。私たちは神が私たちの両手を舐めている夢を見たが、誰もその神々しい仮面を見ることはないだろう。

物事はこのようなもの、

完璧な狂気だ。

＊

もはや

残っている情熱は無関心だけ。運命が

永遠に反対していることを私は知っている。だから

運命も永遠もないのだ。

しかしながら

誰かが部屋で呻いている。まだ

消失は完璧ではない。

止む
ことのない錯乱、来ることのない
希望なき明るさ。

*

私は暗い塀の上に金色の炎が落ちてくるのを見た。これはシンボルが出現する前のことだった。粘土が沈黙の中で燃えていて、磁石に囲まれた優しさの背後に空間が広がっていて、後になるとそこで残酷さと憐憫の違いを見分ける不可能性を指摘することになる。

その後、消失は愛された顔ができる唯一の能力だった。

次に来た時代では、私の身体が光を共有していて、光は光で私の内にも私の外にも存在していた。それらは幼少時代が壊れる瞬間の熱情と天啓だった。目覚めと目覚めていない間、目に見えない尖った車輪の下で起きていた。永遠はその繰り返しを予感していた。存在してなかったが、しかし光り輝く恐ろしいものだった。

火の形成に私は立ち会った。私の周りに棘のあるベルトと雪の中で失われたナイフの必要性を感じた。その鉄靴の中に不動のアマポーラが広がっている深淵を私は発見した。私は遠吠えを学んだ。その一方で、私の目の中でガラスが壊れていった。

私の青春時代は花々の向こうで炎の服を着て、進んだ技術を導入した稲妻によって導かれた。

見捨てられた部屋で、嘆き声の爬虫類がその顔を覗かせる裂け目を私は見た。

寒さを体験し、シンボルの向こうに裁判の痕跡を見た。

拷問を受けた骨も見た。当時は私の中で大きな無駄な質問が頭をもたげた頃だった。母がいる方のカーテンの静けさを前にして、私は恐怖を覚えた。

その後、ある種の潰瘍の美しさに気付き、動脈組織の中に悦楽と死を伝える管路があることに気付いた。

夢を見たが、夢は私の身体の中にある別の命で、その筋は苦しみであり、苦しみは思考に先んじ、病んだ細胞から演繹されていた。

この付け加えられた創造の中で道を誤った。見つけたのは身体の関係における狂気しか存在しないこと。

もう一度私は拷問する側のことを考えて、再び見たものは

沈黙によって石になった果実であり、私の両手にある父の入れ歯（これは湿った地面から引き抜いたものだった）。知らない恋人たちからもらった黒い安物の装身具の価値を計算しなければならず、ある日、心臓から腸へ移った憂鬱が明らかとなった。

忘却を通して貧しさを見、ただ一度だけ母の顔が綿花と鋼の上で微笑んでいるのを見た、ただ一度だけ。

これが私の報告、これが私の仕事。冷たい寝具には何もない。外には見捨てられた悲しみのカゴがあり、露にまみれた糞便と大きな幸福の広告がある。

＊

今は喉にとって鉄の時代だ、もう既に。

君は君自身の中に住んでいるが自分を知らない。それは自身の鼓動を聞く見捨てられた地下納骨堂の丸天井に生きている。

一方で、脂肪と忘却は君の血管に広がり、

苦しみの中で君は石灰化して、君の口から

黒い音節が漏れる。

君は不可視なものへ向かい

そして存在しないものが実在していることを知る。

漠然と君の大義と君の夢を引き留めて
（まだ君は自殺者の苦しみを保持している）、
君の栄養は怒りと哀れみだけだ。
君の名残はごく僅か、目眩と爪と
記憶の影。
君は消失を考える。君は愛撫する
脳の闇を、悲しみによって石化した肝臓へ君は降りていく。

これが喉にとっての鉄の時代、既に
すべては理解不能。しかしながら、
君は失ったすべてをまだ愛している。

*

両手に夕暮れの薄明かりを感じる。病んだ月桂樹を通してやって来る。私は考えたくもないし、
愛されたくもないし、幸福でさえ思い出したくない。

ただ両手でこの明かりを感じていたいだけで

すべての顔と関係を絶ちたいのと歌が
私の心の中で重くなるのを止めてもらいたいだけで
鳥たちが目の前を通って欲しいし、行ってしまったことを私に指摘させないで欲しい。

あるのは

白壁のひび割れと影、すぐにひび割れも影も増えていくだろうし、ついには壁は白いところがなくなるだろう。

それが老いるということだ。血管の中を呻き声によって貫かれた水のようなものが流れる。いずれ
すべての問いかけも止むだろう。遅い太陽が不動の両手に重くのしかかり、同時に私の平穏な
心にも優しくやってくる、たったひとつの実体のように、思考とその消失が。
それが苦悶と平穏だ。
多分私は透明な存在なのに、それを知らずにもう自分が孤独だと思っている。いずれにしても、もうすでに
唯一の知恵は忘却なのだ。

*

『セシリア』（二〇〇〇年から二〇〇四年まで）より

君は闇の中を流れていた。生きているより甘美だったから。

今では、余りにも命ある涙が君の顔を傷つけるかも知れないが、

君は辺りの様子をうかがって君自身へ向かうのだ。

＊

まるで君が私の心に住まい、私の血管の中に光があって、私がうれしくて有頂天になってしまうかのように、君の明解さの中ではすべては確かだ。

君は私の心に住んだ。

私の血管には光がある。

私はうれしくて有頂天になった。

*

私の唇を君の両手に寄せると君の肌は夢の柔らかさを持っていた。
何か永遠に似たものが一瞬、私の唇に触れた。

＊

午後になっても夕暮れが君の影を燃え上がらせはしないことが何日かある。
君はどこにもいないし、自分でも知らない意味を持つ言葉を使って君はしゃべる。
こうなのは私の考えも同じだ。

*

君の唇には知らない言葉が形成されて
見えないものが君の周りをゆっくりと回る。

＊

君の顔は瞬間を捨てる翼のように、鏡から出てくる。鏡に映った君の顔を私は愛す。私は私を捨てているすべてを愛している。

*

君は君の中でひとり、君の光の下で、泣いている。
君の顔には傷ついた花びらがある。
君の嘆きが
私の血管の中を流れる。君は
私の病であって、君は私を救う人なのだ。

*

影の向こうにあるのは鳥の鳴き声ではなく、
嵐の静けさの中にある硫黄のふるえでもない。
私の血管の中の水銀ではなく、
私の心の中の夏の倦怠でもない。
本当に何でもない。君の顔は私の夢を見捨てた、
そして私は君を瞼の下に見なくなった。

*

私は君の考えの中にいるだろう。輪郭のはっきりしない影でしかないだろう。

喜びと慈悲心が君の目の中で燃えていた一瞬だけ私は存在していたのだろう。

しかしまた私は君の中で気付かれずに残っていたい。

気付かれずに。ただ君の幸福の中に包まれて。

君は灯りの中でぼんやりしていて、私はその中でほとんど生きているかどうかも分からず、だから知覚されずに愛されて、神隠しを待つ。

多分我らは影の線で隔てられていて、ひとりひとりが自分の光の中にいる、
私の光は君が捨てつつある光だけれど。

＊

『丸腰　三』（一九九〇年から二〇〇三年まで、二〇〇四年改稿）

蛇がそろって日向で脱皮すると母親たちは苦しんでいる者の耳もとで口笛を吹く。それは
死すべき者の論理だ。
何のために質問の純粋さに耐えるべきなのか。今でもその方がいい、
非存在が始まって、さらに
蛇たちが泣くのを止める方が。

*

すべてのタンゴ

傷口と影に
自分の命を置いた。
そしていつの日にか私の心から
虫たちが這い出るだろうが、
虫たちは目が見えない。嘆くな、光よ。
光よ、嘆くな。

*

訳者あとがき

翻訳というのは、したいものをするのではなく、しなくてはならないものをするのである。

E・R・クルティウス

今でこそ経済危機にあえぐスペインだが、九十年代はバブル景気に沸いていた。あちこちでマンションや商業ビルの建設ラッシュが見られ、その中には古い建物を壊して、新しい装いの建物に改築する工事も含まれていた。首都マドリードの目抜き通りグラン・ビアも例外ではなかった。いつもどこかで改築工事が行われていたものである。テントに覆われた工事中のビルには足場が組まれているが、歩道にまでその足場が張り出していて、その下をくぐり抜けるようにして歩いていたことを懐かしく思い出す。古い建物が壊されると、それまで隠れて見えなかった隣接したビルの側壁や奥のビルの背面が一時的だが見えるようになる。そんな壁面には無数の小さい穴が空いている、しかも不規則にまだらに空いている。ある日それに気が付いた。立ち止まって、何だろうかと訝しげに見つめていたが、判然としない。

そこで通行人を捕まえて尋ねてみた。「あの小さな穴は何ですか?」学生風の若者は分からないと答え、杖をついた老人は嫌な顔をして答えてくれず、壮年のサラリーマンが教えてくれた。「内戦の時にできた銃弾の痕だ。マドリードでも市街戦が激しくて、たくさんのスペイン人が亡くなった。忌まわしい過去だよ。僕は内戦が終わってから三十年後に生まれたから、詳しいことは知らないけどね」

スペイン現代史を語る上で内戦を避けて通ることはできない。思想的対立を内包して、国民が左翼の共和国軍と右翼の反乱軍に分かれて、互いに銃を向け合った。一九三六年に始まり、三九年に終結したが、勝利を収めたのはフランコ将軍率いる右翼側だった。その後は四十年近くに及ぶフランコ時代が続く。百メートル毎に警官が銃を持って監視していた時代、言論の自由もない独裁時代、政府を批判しようものならすぐさま連行されて、誰も二度と帰ってこなかった「神隠し」の時代。あの老人のように、誰しも思い出したくはないだろう。しかし、フランコ将軍が一九七五年に亡くなると、三年後には地方自治を大幅に認めた自由主義的な新憲法が施行され、フアン・カルロス国王を戴いた立憲君主国家としてスペインは生まれ変わる。以前には非合法な政党だった中道左派の社会労働党が一九八二年の総選挙に打ち勝って、新生スペインが華々しくスタートした。九二年には万博とオリンピックを開催して、国際舞台へのデビューも果たす。もはや忌まわしいフランコ時代は過去のものとなっていた。

そのような中で詩人ガモネダの再評価が始まる。じっくりと時間をかけて、徐々に少しずつ、しかし圧倒的な迫力をもって、まるで血の色をした赤ワインが布に染み渡っていくがごとく、無言のままでガモネダの詩はいつしかスペイン人の心の糧となっていた。そして二〇〇六年の秋にスペイン語圏で最高の文学賞であるセルバンテス賞が与えられた。この時、ガモネダは既に七十五歳。最初の詩集を出してから実に四十六年が経っていた。スペイン人がガモネダの詩を受け入れるのには、フランコ時代をも越える半世紀もの歳月が必要だったのである。

アントニオ・ガモネダは一九三一年にスペイン北西部アストゥリアス州の州都オビエドに生を受けた。同じアントニオという名前の父親も詩人だったが、彼が生まれてすぐに他界したために、三歳の時に母アマリア・ロボンと共に地方都市レオンの下町へ引っ越した。五歳の時に内戦が勃発すると学校が閉鎖され、このためにまともな初等教育は受けておらず、十歳の時にアウグスティヌス会系の神学校に入るも、二年後にはドロップアウトしている。極貧の生活を少しでも助けるために、幼くして働き出したアントニオは十六歳から詩を書き始めた。早熟な少年だった彼の初期詩編からは、性の芽生えとその恐怖が充分に伝わってくる。フランコ時代の抑圧された状況の中で、多感な少年はさまざまな理不尽に強い憤りを覚え、暴力と恐怖に怒りながらも、赤貧洗うがごとき生活の中でとにかく生き抜くことを最優先にしながら、思いの丈を詩にぶつけていった。その結実が処女詩集『不動の反逆』(一九六〇)である。しかし何の反響もなく、ガモネダは二十九歳になっていた。貧しく苦しい生活を送っていた中で、唯一の慰めは母の優しさと妻と娘たちの存在だった。しかし、まだこの詩集ではそれぞれの作品は分かち書きされて、韻文のスタイルを残している。ところが、以後ガモネダは韻文を捨てる。限りなく散文に近づいていきながら、作品の区切りさえなくなり、永遠に続く長い連続した警句のようになっていく。意識的に文壇から離れて、孤独の中で詩を書き続けるが、しかしどこかの雑誌に発表することもなければ、詩集としてまとめることもしない。ガモネダはただただ詩を書き続ける。幼い頃の思い出の中に繰り返し出てくる血だらけの死体と戦火のきな臭さ、フランコ時代の押し寄せる暴力と恐怖、突然やって来る警官の傲慢さ、山中にゲリラ化して隠れ住む共和国軍の残党が食料を求めて行う定期的な襲撃、いつしか姿を消して戻ってこない隣人、等々。発表すれば自分が反逆罪で捕らえられることはガモネダ自身がよく知っていた。だから発表もせずに、ただ書き続けた。書き続けることだけが残された唯一の抵抗手段でもあったのだ。その日その日の思いを書き留める日記のように書き連ねたガモネダの散文詩は、何度も改行を挟む。時には詩集にすると一頁になるほどの空白行が見られる。最も苦しい時には日記さえ書けないものだ。空白こそが苦悩を雄弁に物語ると言っているのだろうか。それはまさにフランコ時代の記録そのものである。

こうして書きためた詩は長く繋がった散文詩として、フランコ将軍が亡くなった二年後に『嘘の記述』（一九七七）と題して出版された。ガモネダの二作目の詩集である。が、時期尚早だったのであろう。余りに生々しい記録は一般市民にはまだ受け入れる余裕がなかったのだと思われる。既にこの頃にはガモネダはレオン地方議会の広報担当の職を得ていて、『視線の中のレオン』（一九七九）という紹介書を出版したり、画家ファン・バルホラの作品をあしらった『闘牛と運命』という共著を出したりはしていたが、詩人ガモネダはまだ認知されていない。しかし彼は詩を書き続けた。一九八二年に発表した『カスティーリャ・ブルース』も前作『嘘の記述』の続編と言える詩集で、出た当初は新刊案内に取り上げられ、短い書評が出たりもするが、大きな反響はなかった。一九八六年に出版された『墓石』も同様である。

おそらくは、ガモネダの再評価のきっかけを作ったのは文芸評論家ミゲル・カサードが編んだ『時代』(一九八七)というガモネダ個人のアンソロジーだと思われる。カテドラ社のイスパニア作家叢書に入って、版を重ねるという反応を見せた。これまでには想像だにできなかった反応だが、スペイン人にとっては思い出したくない過去であっても、忘れてはならない過去でもあるという認識が徐々に共有されていたのであろう。以後、発表する詩集はすべて版を重ねていく。『寒冷の書』(一九九二)しかり、『毒薬の書』(一九九五)しかり、『消失が燃える』(二〇〇三)しかり、『セシリア』(二〇〇四)もしかりである。そして、『時代』を編んだミゲル・カサードが再度ガモネダのアンソロジー『この光』(二〇〇四)を出すに当たって、ガモネダは初期詩編から書き直す作業に入った。中にはかなりな改変が施されている作品もあるが、詩人自身の改訂を検討するのは今後の課題としたい。二〇〇六年にセルバンテス賞に輝いたことは既に述べたが、同年にソフィア王妃賞も与えられ、今では文芸賞だけでなく、レオン大学名誉博士号まで与えられている。四半世紀前までは無名に近い詩人がこうして再評価された背後には、やはり内戦の傷跡を感じない訳にはいかない。社会労働党の党首だった前首相サパテーロもガモネダを好きな詩人にあげていたが、彼自身も内戦は知らない世代だ。しかし忘れてはならない過去だという認識を共有していた所以であろう。

＊

翻訳には数あるアンソロジーの中からトマス・サンチェス＝サンティアゴ編集によるアリアンサ社の新書版を用いた。ガモネダのアンソロジーとしては珍しく『毒薬の書』も含んでいるからである。そして、アンソロジーとしては異例と言ってもいいが、『嘘の記述』はどこもカットせずに全文を収録していることも理由にあげられるだろう。ガモネダの詩は題名のないものがほとんどで、作品の区切りが分かりづらいが、「無題」とはせずに目立たない小さなアステリスクを頁下に入れることで作品の区切りを示すことにした。これは編集部のすばらしいアイデアである。いつもながら原稿の遅れに心労を強いたことを編集部の太田昌国氏にお詫びしたい。同じく、編集部の江口奈緒さんにもご苦労をかけたことを心苦しく思う。そして、翻訳の遅延を誰よりも心配してくれたフェリス女学院大学准教授の寺尾隆吉氏には心からの感謝とお詫びを申し上げたい。約束が果たせて、安堵しているというのが本音である。もうひとり、感謝の意を表したい畏友がいる。ガモネダの翻訳には、既に名が知られていて、評価が定まっている作家の作品を翻訳するのとは、本質的に異なる苦労があったが、僕の悩みに夜遅くまでつきあって励ましてくれた大阪大学外国語学部准教授の松本健二氏である。思い起こすに、詩の話をする時はいつも彼が側にいてくれた。詩心が分かる友人との語らいは何にも優る宝物だと痛感している。最後になったが、出版助成を認めて下さったスペイン文化省にも感謝すると共に翻訳出版の遅れに対しては心からお詫びする次第である。

稲本健二

【著者紹介】
アントニオ・ガモネダ
Antonio Gamoneda（1931 〜）

スペインの詩人。内戦終結後のフランコ独裁体制下で恐怖と極貧の生活を強いられ、まともな教育を受けることもできず、独学で自らの詩の世界を構築した。処女詩集『不動の反逆』（1960）ではまだ抑えられていた表現が、フランコ将軍の死をもって開花する。理不尽な暴力と恐怖に対して抱いた強烈な憤りと怒りを詩にぶつけていった彼の世界は、しかしながら一般市民には受け入れられず、評価されるにはそれ相当の歳月を要した。自発的に文壇から距離を置き、地方都市レオンで詩を書き続け、『嘘の記述』（1977）、『カスティーリャ・ブルース』（1982）、『墓石』（1986）を発表するが、反響はなく無名に近い存在だった。カテドラ社のイスパニア作家叢書に入ったアンソロジー『時代』（1987）が版を重ねる辺りから再評価され始め、その後も『寒冷の書』（1992）、『毒薬の書』（1995）、『消失が燃える』（2003）、『セシリア』（2004）と続いた詩集も注目を浴び、2006 年に遂にスペイン語圏で最高の文学賞であるセルバンテス賞に輝いた。画家・彫刻家・写真家とのコラボ作品も多く、レオン大学からは名誉博士号を授与されている。スペイン内戦とフランコ独裁時代の傷跡を見つけ続けることでスペイン人にとっての現代の意義を問う希有な詩人である。

【翻訳者紹介】
稲本健二（いなもと・けんじ）

1955年生まれ。大阪外国語大学（現大阪大学外国語学部）大学院修士課程修了。同志社大学グローバル地域文化学部教授。スペイン文学専攻。マドリード・コンプルテンセ大学およびアルカラ・デ・エナーレス大学で在外研究。文献学、書誌学、古文書学を駆使して、セルバンテスやロペ・デ・ベガの作品論を展開。国際セルバンテス研究者協会理事。さまざまな国際学会で研究発表をこなし、論文のほとんどはスペイン語で執筆。元NHKラジオ・スペイン語講座（応用編）およびテレビ・スペイン語会話担当講師。日本イスパニヤ学会理事および学会誌『HISPANICA』の編集委員長も務めた。1990年から2001年まで文芸雑誌『ユリイカ』（青土社）のコラム「ワールド・カルチュア・マップ」でスペイン現代文学の紹介に努める。訳書には牛島信明他共訳『スペイン黄金世紀演劇集』（名古屋大学出版会、2003年）、フアン・マルセー『ロリータ・クラブでラヴソング』（現代企画室、2012年）など。

アントニオ・ガモネダ詩集（アンソロジー）

発　行　2013年4月20日初版第1刷
定　価　2800円＋税
著　者　アントニオ・ガモネダ
訳　者　稲本健二
装　丁　本永惠子デザイン室
発行者　北川フラム
発行所　現代企画室
東京都渋谷区桜丘町15-8-204
Tel. 03-3461-5082 Fax 03-3461-5083
e-mail: gendai@jca.apc.org
http://www.jca.apc.org/gendai/
印刷所　中央精版印刷株式会社

ISBN978-4-7738-1306-7 C0098 Y2800E

セルバンテス賞コレクション

①作家とその亡霊たち　エルネスト・サバト著　寺尾隆吉訳　二五〇〇円
②嘘から出たまこと　マリオ・バルガス・ジョサ著　寺尾隆吉訳　二八〇〇円
③メモリアス――ある幻想小説家の、リアルな肖像　アドルフォ・ビオイ＝カサーレス著　大西亮訳　二五〇〇円
④価値ある痛み　フアン・ヘルマン著　寺尾隆吉訳　二〇〇〇円
⑤屍集めのフンタ　フアン・カルロス・オネッティ著　寺尾隆吉訳　二八〇〇円
⑥仔羊の頭　フランシスコ・アヤラ著　松本健二／丸田千花子訳　二五〇〇円
⑦愛のパレード　セルヒオ・ピトル著　大西亮訳　二八〇〇円
⑧ロリータ・クラブでラヴソング　フアン・マルセー著　稲本健二訳　二八〇〇円
⑨澄みわたる大地　カルロス・フエンテス著　寺尾隆吉訳　三二〇〇円
⑩北西の祭典　アナ・マリア・マトゥテ著　大西亮訳　二二〇〇円
⑪アントニオ・ガモネダ詩集（アンソロジー）　アントニオ・ガモネダ著　稲本健二訳　二八〇〇円

以下続刊。（二〇一三年三月現在）